JN162820

風のアンダースタディ

鈴木美紀子

新鋭短歌

風のアンダースタディ　＊　目次

グリンピースが残されて

間違ってしまった駅だから改札できみが待ってる気がする

この辺は海だったんだというように思いだしてねわたしのことを

隠してたこんなくぼみのあることをきみにはただの水たまりだけれど

透きとおる回転扉の三秒の個室にわたしを誘ってください

階数のボタンよりも真っ先に閉のボタンをつよく、強く押す

さりげなく庇われたような気がしてる　きみの匂いがそうさせている

引き寄せてまた押し返すその腕がほしくて櫂《オール》を流してしまう

（閉塞感はまぬがれないでしょう）喉元に咲くジェリーフィッシュ

お皿にはグリンピースが残されて許せないこと思いださせる

ドライヤーかけてるきみの背中には本当のこと言えそうなのに

バレッタで束ねたばかりの黒髪は月のひかりにひらいてしまう

傘の中ふたりの会話はどこまでも定員割れのようなさびしさ

早送りすればテレビの画面から通過電車のような風受く

目薬がするりと眼《まなこ》を逸れてゆきわたくしだけがとり残されて

シャンプーを変えるきっかけほしいからあなたのことを好きになろうか

重心のとれないままに倒れこむ二人の間の野菜スティック

ガリガリ君冷凍庫のなか生き延びて目が合う度に老け込んでゆく

他人のものばかり欲しがる長い指火打ち石の匂いをさせて

包帯をほどいてごらんよわたくしが瘡蓋になって守ってあげる

レジの子とやっぱり今日も目が合った防犯カメラに誓ってもいい

来る来ないそんなことより待ち人は誰のことなのおみくじに訊く

あのときは言い過ぎましたと誰彼にあやまりたくてプラットホームへ

中吊りの「！」が回送の電車にゆられて通り過ぎるよ

小さな螺子

はじめてのピアスの孔をあけたときのみこむ息を聴いてる金星

こぼれゆく日々にひかりをあてたくてこの身くぐらす白いワンピース

幾千のシャッターチャンスを逃してる瞬きしあうふたりのひとみ

このページ乾いたならば波打って傾けたときさらさらと砂

きみはまたわたしの角を折り曲げるそこまで読んだ物語として

ニュースにてロスの山火事見ていればぬるい夕焼け迫りくる窓

ひりひりと剝がれてしまう壁紙に見知らぬ国の地図をかさねた

返事なら急がないよと手のひらでカリリとつぶした落ち葉が痛い

夕暮れに流されそうだティファールの把手を握りしめているのに

天窓に小さな螺子はころがって星のはずれる気配　ことりと

ソムリエのように教えて外つ国の葡萄畑の土の匂いを

コサージュをつぶさぬように庇うけどそこにはなにも咲いてないけど

アンダースタディ

促され問診票に記入するわたしに足りないひとつの臓器
それならばハンデをつけてあげるよと切り落とされたあなたの翼
見つめられ息を止めれば皮膚呼吸　器用にできてる　進化している

ひと肌の聴診器にはしとやかに漏らしてもいい雪解けの音
だとしてもいつまでたってもとけきらぬオブラートの味すこしこわくて
ハンガーに綿のブラウス羽織らせて今日のわたしのアンダースタディ

悪気などなかったのですセロファンの中でべとつくミントキャンディ

花束は比喩の亡骸どのひとの窓辺にひんやり凭れるのだろう

わたしだけカーテンコールに呼ばれないやけにリアルなお芝居でした

舌裏にかくしておいた錠剤が果実の種になりますように

切り口をアルミホイルのきらめきにつつまれながら散らした花弁

ちかちかと今宵もチックが鳴りやまぬレム睡眠のまぶたの端の

すべらかな胸にならんだ黒鍵に鼻先だけでふれてみようか

くちびるに果肉の色をのせるとき啄みにくる片翼の鳥

恋しさに（たとえば、それで、どれくらい）副作用のことばかり気にする

「最近は眠れてますか」と問う医師の台詞のあとのト書きが知りたい

言いかけてやっぱりいいいやと呟いたクルトンひとつ沈めるように

（きみはまだなにも知らない方がいい）やさしく触覚ふるわせながら

「オーダーが入りました」の声遠くこだまするなり午後の病棟

私小説なら

水色の延長コードでつなげたら遠いところでまたたくまぶた

好かれたいひとにはいつも好かれないシステムだけがわたしを守る

マフラーを緩めて挨拶してくれた白い息さえ淡くかさねて

「ありのままのあなたを誰も愛さないでしょう」にこやかに告ぐ気象予報士

〈＊画像はイメージです〉というテロップを見つけてしまう星空の窓

真夜中にナースコールをするときのためらいに似るきみへのメールは

「これはあなたの物語です」と帯にある本は今でも読みかけのまま

さびしくてすべての頁に貼りついた付箋だったか破れた翅は

あとがきにお礼を言うべきひとの名は伏せておきたい私小説なら

飴色の陽ざしはあなたの借りている一冊分の隙間にとどく
「何処まで」と訊かれて途方にくれるためそのためだけに停めるタクシー
異国にてリメイクされた映画では失われているわたくしの役

見えなくてもそばにいるよと囁かれプロンプターの言いなりになる

マフラーやネクタイ贈れば気のせいか怯えた目をするあなたと思う

以前にもどこかでお会いしましたね眼球の上にはりつく羽虫

取説の「故障かなと思ったら」の頁に差し込む指がほしくて

さらさらと記した歌はざらざらの砂消しゴムの砂にまみれた

舐《ねぶ》られてあなたの舌を染めてゆくキャンディの中にわたしがいます

どちらかが間違っている。夕闇の反対車線、あんなに空いてる

なめらかな夜空でしょうか濡れているあなたのコートにひそむ裏地は

折り返し電話するよと言うけれどそのときはもう虹は消えてる

笑いながら「これ、ほんもの？」と指で押すサンプルだって信じてたから

ひとひらの紙吹雪が落ちていた聖夜のメトロの連結渡れば

キラキラとアンモナイトにかこまれてふたりのメトロが加速してゆく

前髪の分け目をひだりに変えました今度はあなたがひざまずく番

あの夜とおんなじ味になりたくてブーケガルニを深く沈めた

立てこもりのＬＩＶＥ映像見ていれば日付が変わりマイバースデイ

ろうそくを抜かれたあとのケーキにはかなしみの穴。さばよめなかった

容疑者にかぶされているブルゾンの色違いならたぶん、持ってる

ラメ入りのまるまったままのパンストをひとりぼっちの夜へころがす

ほしいのは「トイレの電気点けっぱなし！」と叱ってくれるアンドロイド

砂はただ波の愛撫にとらわれてあなたとわたしの境目もない

誰にでもやさしい人のまぶしさの埃まみれの蛸足配線

〈起こさずにこのまま行くよ〉と右頰にポストイットを貼られた夜明け

覚め際で最後の一段踏み外しひとりのベッドに放りだされた

水底の硝子にふれてしまうまでピアノの白鍵たたき続ける

どうやって逃げてきたかは覚えていません目覚めたあとの蒼いくちびる

親族を数えるときにいつだって自分自身をかぞえ損ねて

「上の子が、下の子が」って言うひとの目じりの皺にふれたとしたら

ペンネームだったんですかと戸惑いぬトマトを包む生産者の名に

「割れ物は紙に包んで棄てること」走り書きさえ言い訳めいて

過るのは再現フィルムでわたくしを演じてくれたひとの眼差し

半減期過ぎれば誰かが掘り起こす野原だろうか　ひどくねむたい

もうそろそろ許してあげればというように敷きつめてゆく春の夕雲

会見の総理の横の手話だけが本当のことを伝えてくれそう

完璧な口述筆記するときの沈黙にふるルビの星屑

どの胸もコックピットのドアめいてこちらからでは開かない。決して

シリコンのリストバンドで隠しても滅菌ガーゼにしみる雨つぶ

あなたさえそれでいいなら…と手離したザイルが今も風に揺れてる

生き別れの弟のよう　はにかんだ制服姿の写真のあなた

あちらにもこちらにもあるカーソルが点滅するからきれいな夜空

「え、こんな場面できみは泣くんだ」とわたしの夢を盗み見たひと

調律師の冷たい指を愛してた波打ち際の朽ちたピアノは

あまやかに女性名詞で海を呼ぶあなたのために砕く錠剤

別れ際「懐かしいでしょう」と見せられたこれから沈む町の写真を
密葬で済ませましたという便り届く気がする旅の終わりに

打ち明けるゆび

埋められぬ空欄みたいに白かった絆創膏を剝がした膝は

とれかけた飾り釦の代わりにと差し出したのはへびいちごの粒

うまい棒コーンポタージュ味でごまかしたさびしさという空腹がある

先生が貧血女子をお姫様抱っこしてゆくライスシャワー浴びて

ブランコの鎖の匂いの手のひらを咲かせてしまうわたしの花壇

屋上に逃げてもあのこ淋しそう教室の窓紙ひこうき降る

片隅に小さく〈お詫び〉と記される最後の頁に指紋を残す

「君にはちょっと難しかったかな?」先生は人差し指でわたしを消した

うっかりとシャボン玉液吸い込んだストローさえもやさしい遺品

サヨナラの予行練習してるだけまだやわらかいリップクリーム

待ってても「何階ですか」と訊かれない見知らぬひとと落下してゆく

わたくしをおぼえていたいひとがいてうすむらさきの付箋をえらぶ

そばにいるひとにはきっとわからない擦れ違うときあなたは香る

5歳までピアノを習っていましたとあなたの指に打ち明けるゆび

桃の香のボディソープで泡だてたからだをこころにしがみつかせる

かなしみの烙印としてしゅんしゅんとスチームアイロン押し当てた胸

不適切な表現でしたと俯いて睫の長さを際立たせたい

そういうとこ嫌いじゃないよと笑ってる破いてしまった写真のあなた

幾たびも毛並に沿って撫でられた記憶がふいに甦る夜

ごめんなさい、もうしませんと泣きだせばとろけるような退行催眠

スティックシュガー一本だけでは足りなくてかわいそうにと思われている

「黙秘します」 そう言ったきり俯いて香り濃くする真夜《まよ》の白百合

おそらくは自分が何をしているかわからないまま蔦は巻きつく

私を何でお知りになりましたか？ ①ブログで②口コミで③真夜の悲鳴で

今後の参考にさせて下さい。その他に◯がついていますね

右心室と左心室のイラストで説明したい感情がある

まだなにか知りたいことがあるのでしょう振り向くたびに向日葵ゆれて

しゃらしゃらと流水麺をすすいではＦＭで聴くウェザーリポート

息継ぎを教わるときの目をしてた。生前というプロットの中

りんご飴に歯型をつけてまたきみは踊りの輪へと戻ってしまう

今のうち眠っておけよと声がする晩夏へ向かう青い護送車

無呼吸症候群

今日もまた前回までのあらすじを生きてるみたい　雨が止まない

スカートを他人の傘で濡らされて東西線の中は退屈

さらさらとミンティア舌にとかしつつすべての駅を通り過ぎたい

私にはわたしの匂いがわからない懐かれるとき臆病になる

「大幅に加筆しました」辻褄をあわせるような栞紐の色

真夜中にひとりぼっちで旅をする吹き替え版の異国はふしぎ

「一時間経ったら起こせ」と言ったきりあなたは隣で内海になる

バスタブの水面をそっと揺らされて誰の夢から目覚めればいい

失くしたものはこれでしょうと差しだせば跡形もないピアスホールだ

バイアスがかかってまぶしい朝焼けに消えそうだねと指し示す橋

ああきみが空を見上げてるってことはもうこの世にわたしがいないってこと

ぱらぱらと読み飛ばされてしまうだろう風にあずけたエンディングノート

旧姓で今でも届くＤＭは捨てないでおく雨に濡れても

風の尾にふれてみたくてベランダの向こう側へとのり出す半身

ｄボタン押して今日の占いをたしかめてから崩す卵黄

にび色になるまでひたすら炒めましょうPromised landはもうすぐそこだ

肉片にちりばめられて光るのは海の記憶を失くしてゆく塩

この指環はずしてミンチをこねるときわたしに出来ないことなんてない

もぎたてのレモンの香り疎ましくしぶきをあげて皿を洗いぬ

いつだってあなたの味方と声のする冷蔵庫には萎れたセロリ

テーブルの向こうで咀嚼する音を異国の言葉のようにおそれて

しゅわしゅわとバイキンの死ぬ音が好き漂白剤にこころを浸す

ほんとうはあなたは無呼吸症候群おしえないまま隣でねむる

もう何もあいしていないからだなり水をとどめる術を探しに

空席の目立つ劇場みたいだな灯りの少ないあのマンションは

海、バスルーム、深夜の蛇口　泣きたいときはどうぞ水辺へ

幾重にも巻きつけたのにまだ余る包帯だから傷がたりない

〈散骨の代行サービスございます〉海のきらめくパンフレットに

かさぶたの色の葉っぱが剝がされてひりりとひかる秋の空あり

いつの間にあなたは此処を去ったのか翳りかけのめんたいこフランス

釘付けと口づけの差を埋めてゆく翻訳家にはたぶんなれない

一切の吹替えは無し鏡越しの瞳のなかへ飛び込む場面《シーン》

それはもう、時効だろうとはにかんだ目元にほんのり兆すくれない

針金のハンガーだけがあのひとの肩のさびしさ再現できる

わたくしの現《うつつ》が印字されたならかすかにカールを残すレシート

カラコロと返却口へ落ちてゆくコインの気持ちをつかみかけてた

表札のない扉の前を過ぎるとき夕暮れのように足早になる

路地裏でひっそり月を待っている〈刃物研ぎます〉という看板は

うすうすは感じていたはずシャンプーとコンディショナーの減り方の差を

今、そちらに向かっていますサイレンのアリアを乱す風も甘くて
あなたとはすれ違うだけ〈生モノ〉と記されている不在伝票
しゃっくりが止まらなくって泣きながらごはんを呑み込む夢のあとさき

つぎつぎと水面に届く気泡あり。声のない叱責はつづく、今も

できるならやり直したい差し出した保証人の欄のまぶしさ

シャッターの閉ざされているアーケードうすくちしょうゆを求め彷徨う

日曜のファミレスくり返されるメニューお皿の砕ける音が聴きたい

海は逃げない

セックスレスの特集のある女性誌の表紙つややかTSUTAYA真昼間

同罪だ。魚肉ソーセージのビニールを咬み切るわたしと見ているあなた

蜩のこえは水色　うっとりと米びつのなかに指を忘れて

子守唄にどこか似ている戦争のニュースにながれるＢＧＭは
わたしが、と思わず胸にあてた手がピンマイクを打ち爆音となる
きみじゃない人が選んだ歯ブラシを咥えるせかいへ目覚めてしまう

本心が読み取れなくて何回もバーコードリーダー擦り付けてた

あわてなくても海は逃げないよってわらってる誰かの眠りの中のわたしは

車いす押して海辺を歩きたい記憶喪失のあなたを乗せて

越えてくる波がはばたきそうだねと囁き合ってるライフセーバー

淡すぎるあなたの記憶をシェイビングクリームの白さで補足してみた

からっぽの苺のパックに這わせてるカタツムリには性別がない

ハイフンかアンダーバーかわからないアドレスだけが夏の手掛かり

水飲み場のまわりの砂をきらきらと濡らしたはずのわたしはいない

待ち人が来たならそっと閉じられるページに広がる海辺の描写

覚め際に打ち寄せられていたひかり凪を忘れた百合鷗たち

水晶のように翳したあのひとが使わなかったガムシロップを

わたしたち、　と言いかけたあと別々の通貨のようなことばを使う

引け目さえ感じるのです一日中潤うという化粧水にも

「笑って」と言われるたびに床擦れができないようにころがされてる気分

わたしからはみ出したくて真夜中にじわりじわりと伸びてゆく爪

バスタブに沈めばおとこは水中花やさしくほどける体毛がある

イソジンのうがい薬の褐色でひとり残らず殺せる気が、した

やわらかな鞭で打たれているように驟雨のなかではじっとしてます

美しい思い出として届くはずクレジット会社の決済通知は
二人用の柩はないと知ったときあなたに少しやさしくなれる
かんたんな組み立て式でかまわない風紋みたいなきれいな木目の

しんねりとつめたい絵の具だったはず夜空に染まる前のむらさき

帰るならウェットスーツ脱ぐようにあなたのからだ置いていってよ

地上波では初めてらしい幾度も夢でながれたわれわれの消滅

すこしだけ遠くへ行くためつけておく割り印だけが滲みやすくて

降ってきた…とやさしく見上げてくれたならわたしは熱いひとひらの灰

祈りのような

夕焼けの火元はおそらく此処なのに紛争地域の名は繰り返されて

シュガーレスガムの匂いと溜め息がとけあったとき水は満ちたか

切手、切符、キッス　気がつけばこのごろ使わぬ懐かしいもの

純血、純文学、純喫茶　夢みたあとの燐寸の空箱

ひとすじの祈りのような行間があなたに――抜粋――されたがってる

天性のものなんだろう劇中で誰にも似てない子を産む聖母《マリア》

うら若きソプラニスタの音域の耳鳴りだけを道連れにして

参考になったでしょうか失敗をしない訂正印の捺し方なども

翻訳をされたらたぶん消えている読点だろう、丁寧に打つ

またすこし多くを語りすぎたらしい遠い旅路の果ての文末

休日のコインランドリーで巡り逢う設定だけの薄いシナリオ

とりあえず気道を確保するために横向きで抱いてください　花束

できるだけ人道的に捨ててきたサンドイッチのパンの耳なら
逃げようと思えば逃げられたはずオペラグラスの視野の外へと
振り向けば今まで出会った人たちとオクラホマミキサー踊るまぼろし

自らのいびきでぴくっと起きるときどちらのせかいを選んだらいい

読み終えてブックカバーを外すよう明るみはじめたまなぶたは空

風のバラード

水鳥を数えているうちひっそりとたたまれるだろうわたしの花野

つぎつぎとひらく波紋の真ん中を見つめてはだめ。帰れなくなる

口遊むアニーローリーさわさわと光を撫でる芒の小径

イヤフォンの片方そっと外されてこぼれてしまう風のバラード

部屋中の鏡にあなたを見張らせるわたしの夢から目覚めぬように

くったりと窓辺に凭れていたいときからだにくいこむ結び目ひとつ

朝なさなライ麦麺麭を浸してた明治ミルクのラブの白さよ

レコードのひとすじ光る傷痕に閉じ込めてある息継ぎの音

海鳴りを奏でるときに一度《ひとたび》も触れられていない白鍵がある

自販機に〈なまぬるい〉のボタン見つけたらわたしはきっと次の段階《ステージ》

身を捩りながらも空へ消えてゆくけむりはたぶんやさしい手紙

紅茶葉をひらかせながらこの秋も平年並みのさびしさでした

潮騒のように聴こえてしまうはず夕べの厨で米を磨ぐ音

海までの道を誰かに訊かれたらあの非常口を指し示すだけ

どうしても思い出せない女優の名あんなに赤いパプリカなのに

大切なものなどなにもないけれど撲たれるときは眼を閉じる

キャンドルに架空の言葉を灯したら前髪焦がすほどのゆらめき

「冬物」と記した箱に仕舞うとき藁の匂いのきみの手のひら

ひりひりと化繊のニットを脱ぐ夜更け褐色の野火、広がってゆく

伝書鳩の味がしたんだほろほろときみを想って食む鳩サブレー

狂おしく夢と魔法の王国で手を振るだろう軍事パレード

プラチナのペーパーナイフで空を裂き回想シーンから出て行かなくては

これ以上きみには嘘をつけないと雨は霙に姿を変えた

自販機の前で微糖か低糖か迷うあわいに雪降りはじむ

ふれたなら死なせてしまう雪虫を肺のなかへと匿っている

飼い慣らす前なのだろうはつ冬の水は蛇口をひどくふるわす

透きとおり風景描写のように立つ待ち合わせ時間とうに過ぎても

引き潮の渚で拾ってしまったのあなたの部屋の窓の破片を

「何が原因だったと思いますか?」微笑む人はいつも逆光

たまご酒つくってきたの光降る面会謝絶のガラスの部屋へ

幾たびもあなたの頬を拭ってた泣いているのはわたしなのにね

信じてはいけない気がするモノクロの記録映画の雪の白さを

もしかしてさっきの流れ星ひとつ迷惑メールに入ってませんか

「パリは燃えているか」と問いかけた夜空のような無言電話に
花の匂い、ではなく火の匂い　やさしくわたしをつつみこむのは
いつまでも目覚めぬひとの傍らで百合の香りは行き場を失くす

（きっといい思い出になります）骨の白さを受け取るように

スプーンのなかへ

自らのいのちをそっと手放して水を産みたりあわれ淡雪

この部屋にわたしがいないときに来て誰かが飾ってくれる白菊

雪どけの光みたいに銀色のスプーンのなかへ逃げこめたなら

流水にくちびるそっと解き放つたぶん言葉でやけどしていた

磨かれた鏡をノックしてしまう診察室の扉のように

乗り物の酔い止め薬のねむくなる成分は蝶にとっての致死量

コンビニの袋に命を救われた過呼吸という過去があること

レジ越しにおつりのお札を数えれば額と額すこし近づく

できるなら絶対誰ともかぶらない（仮名）を探りあてたい

雨を飲み干す

「ねむってるピアノをお売り下さい」と郵便受けに挿んだチラシ

二重線で御の字を消せばわたしから切り離される往復はがき

言の葉の裏にひっそりいくつもの気孔があって光、行き交う

これっきり香らなくなるいちりんのようにつめたい雨を飲み干す

さっきまで誰かの髪を撫でていた彼が鏡の彼方から来る

釣り針を抜き取るように見えるでしょうあなたの前でピアス外せば

すこしずつ傾いてゆく鍵盤は水平線をこわがるばかり

家を出る前にはバルサン焚くのです窓に金星ひったり貼り付け

嘘をください

押しボタン式だとずっと気づかずに見つめ合ってた横断歩道

こちらこそ　いえ、こちらこそ　夕凪にほどかれてゆくさくらさらさら

過去からかそれとも未来からなのか夫がわたしを旧姓で呼ぶ

単3か単2か迷うその間ひかりのことだけ思っていたい

無意識に肩紐のよじれ直すだろうあなたが死んで号泣する夜も

みつばちを逃がさぬようにじりじりと耳の奥まで差し込むイヤフォン

体液は乾きやすくてひんやりとうす翅だけを肌《はだえ》に残す

失敗をしたときペロッと出す舌が内臓のように見えて遠雷

片膝を立ててペディキュア塗っている喪服を脱いだばかりのわたしは

訊かれないことまで話しはじめてたかげろうの熱に後ずさりしつつ

口紅のついたグラスを濯ぐときわたくしだけの流刑地がある

抱かれてすべての息を吐きつくすアコーディオンになりたいのです

夕やみの沈丁花の香に酔わされて私とわたしは相思相愛

ばらされるときがいちばん美しい花束のような嘘をください

わたしより早く大人になってゆく生きものばかり抱いてねむるの

ロザリオ

かわいらしい奥さんですねと微笑めばあなたの睫はみつばちの翅

スカートをひるがえす風　内側の目立たないはずの縫い目が痛い

さくらにも運命はありあんぱんのへそにすわってしっとりと咲く

ベンチにはたまごボーロのちらばったような木洩れ日　それともあなた

ひとすじのひかりは鎖とおもうまで「叶う」に小さなロザリオがある

さっきまでわたしはあなただったのにシャンプーの泡ですべて流した

うつくしい市街戦でしたか消えそうな字幕を見つめているしかなくて

朽ちてゆくからだは地熱のやさしさに抱かれるだろう　菜の花ばたけ

つかまえてごらんとひらひら舞っている春のちょうちょのような盲点

原作とは違う結末待っている桜吹雪の向こうのせかいへ

花びらの吹きこんでくるそのせつな弦を押さえる指を迷うよ

海からの風の付箋をはさみゆくＴＡＫＥ　ＦＲＥＥのひかりの冊子

明け方のあなたの夢を訪ねると鳥の名前で呼ばれたわたし

解説　代役の私

加藤治郎

間違って降りてしまった駅だから改札できみが待ってる気がする　「グリンピースが残されて」

どこかの駅である。たぶん夜だろう。雨じゃないかと想像する。秋か冬のような気がする。コートを着ている雰囲気なのである。私は駅に降りたばかりなのだ。そして気づいた。間違って降りてしまったのだから、よく似た駅なのだろう。でも、もう別の世界に一歩踏み入れたような感じである。待ち合わせは駅の改札だ。きみが待っている。間違った駅だからそんなはずはない。そうか。普通に待ち合わせの駅に行ったら、きみには会えない。私はそんな想念に囚われている。偶然降りた駅にきみが待っていることもない。間違えることなのだ。

きみには会えないという思いが幾重にも折り曲げられて、不思議なシチュエーションを生み出した。間違った駅できみが待っていたというならそれは絵空事だ。が、「きみが待ってる気がする」

のは心のリアルである。そしてパラドックスなのである。切ない歌なのだ。約束があるこの世界の外できみが待っていることを想い、私は安らいでいる。

容疑者にかぶされているブルゾンの色違いならたぶん、持ってる　「私小説なら」

あなたさえそれでいいなら…と手離したザイルが今も凪に揺れてる　同

調律師の冷たい指を愛してた波打ち際の朽ちたピアノは　同

私を何でお知りになりましたか？　①ブログで②口コミで③真夜の悲鳴で　「打ち明けるゆび」

ああきみが空を見上げてるってことはもうこの世にわたしがいないってこと　「無呼吸症候群」

ほんとうはあなたは無呼吸症候群おしえないまま隣でねむる　同

うすうすは感じていたはずシャンプーとコンディショナーの減り方の差を　同

わたしが、と思わず胸にあてた手がピンマイクを打ち爆音となる　「海は逃げない」

あわてなくても海は逃げないよってわらってる誰かの眠りの中のわたしは　同

ハイフンかアンダーバーかわからないアドレスだけが夏の手掛かり　同

名場面が続く。どの歌にも見どころと毒がある。だから一首一首に手応えがある。見どころは舞台の中央にあるとは限らない。些細な描写、片隅にあるのだ。

容疑者がブルゾンを被って護送される。テレビでよく見る光景だ。視聴者は、容疑者や事件に関心が向かう。ここで色違いのブルゾンを思うのは奇想だろうか。そうなんだが、思いがけないところで容疑者と繋がっていることは現実感なのである。そして何やらそれを楽しんでいる様子である。ある種の共感であり、共犯意識が潜んでいる。「たぶん、持ってる」（にっこり微笑む）という感じなのである。この人は怖い。

このザイルを手離したら谷底深く落ちていく。イメージを共有できるシーンだ。それでいて、この歌には奇妙な空白感がある。「あなたさえそれでいいなら…」と語られている。つまり私は回想しているから、落ちていったのはあなたである。いや、そうではないだろう。落ちていったのは私だ。あなたは私を捨てた重荷を負って生きていくことになる。それでいいなら…と私はザイルを手離した。そう想像してみる。そんなあなたと私のシーンを俯瞰する語り手がいる。

同じように「もうこの世にわたしがいないってこと」が歌えるのは語り手だからである。その語り手はこの世界にいない。かと言って超越的でもない。もう一人の私であり、代役《アンダースタディ》なのである。いつでも主役の私と交代できる代役の私がいるのだ。舞台の主役をじっと見ている。

波打ち際のピアノは映像的である。どこからか漂着したのだろう。そんなシーンを想像する。ピアノと調律師の長い物語があったのだ。ピアニストではない。彼は私を激しく弾いていたに過ぎない。調律師は私を労り、私の音に耳を傾けてくれた。そんな想念が拡がる。

「③真夜の悲鳴で」という選択肢がダークだ。こういうエンターテインメント性は久しく現代短歌にはなかったが、それでもこの新鋭短歌シリーズの木下龍也、伊舎堂仁、しんくわといった作者に継承されている。私の日々を綴る生の証としての短歌とは別のポジションにいる。私の日々に共感することで読者は救われることもあるだろう。一方、軽やかなユーモアが読者を生かしてくれることもあるのだ。

シャンプーとコンディショナーの減り方なんて、日常の片隅の些細なことだ。が、この作品には何か抜き差しならない雰囲気がある。減り方に差があって二つのボトルはいつもちぐはぐである。自分自身にそしてあなたに問いかけている。「うすうすは」に微量の毒がある。現実に目を背けてきたことを言っている。言ってしまうとそこから日常は崩れ去ってゆくだろう。ちぐはぐなものを受け入れてきたから保たれた何かがある。

近代短歌以降、歌人は連作志向が強かった。新人賞も三十首、五十首単位で競われる。一首一首が組織化されることで生まれる〈場〉があるなら、その効用を生かさない手はない。一方、一首の独立性ということもしばしば言われてきたことだ。それが不要だという者はいないだろう。この歌集は一首志向なのである。それは一つの価値だ。連作も一首も等価であるような短歌観が育まれていくか。注視したい。畢竟、読み継がれるのは一首だという思いがときおり過るのである。

わたしたち、と言いかけたあと別々の通貨のようなことばを使う　「海は逃げない」

二人用の柩はないと知ったときあなたに少しやさしくなれる　同

振り向けば今まで出会った人たちとオクラホマミキサー踊るまぼろし　「祈りのような」

自販機に〈なまぬるい〉のボタン見つけたらわたしはきっと次の段階《ステージ》　「風のバラード」

大切なものなどなにもないけれど撲たれるときは眼を閉じる　同

さっきまで誰かの髪を撫でていた彼が鏡の彼方から来る　「雨を飲み干す」

過去からかそれとも未来からなのか夫がわたしを旧姓で呼ぶ　「嘘をください」

「二人用の柩」は、歌誌「未来」に毎月投稿される作品として出会った。忘れがたい歌である。どうにもならない距離と孤独を知ることでやさしくなれる。それでも「少し」と添えるところがこの歌集のトーンなのだ。

自販機に「つめた～い」「あったか～い」ではないボタンを見つける。そんなもう一つの何かがあることをこの歌集は語っている。

一首志向であること。語り手が存在すること。現代短歌の問題を孕んだ歌集である。進めてほしい。現代短歌に次の段階《ステージ》はあるだろうか。この歌集は多くの読者を彼方に誘うだろう。

二〇一七年一月二十一日

あとがき

人には、それぞれたったひとつの人生しかありません。誰もが、与えられたひとつの人生しか生きられない、当たり前のことです。

けれど、私の中の「わたし」は一人ではない、そう気づかせてくれたのが、短歌でした。

短歌をつくっているとき、見知らぬ「わたし」と出会うことがあります。その「わたし」は、嘘を吐《つ》いたり、自分を繕ったりするのがとても苦手らしい。

短歌をつくることで、ほんのひととき、別の人生を生きられるのかもしれない、そう思ったりしています。

また、誰かがつくった歌を読むとき、「ああ、これは、わたしのことを歌ってくれている……」と胸を衝かれることがあります。見知らぬ作者の歌がまるで自分の代役をしてくれているような不思議な感覚。そんな奇跡のような出会いをこの第一歌集の『風のアンダースタディ』から受けとっていただければうれしいです。

監修を引き受けてくださった加藤治郎先生にはお忙しい中、辛抱強く導いていただきました。

先生の励ましのお言葉は、これからの私をずっと支えてくれることでしょう。身に余る解説文を賜り、私は本当に幸せ者です。

そして、未来短歌会の岡井隆先生、諸先輩方、彗星集の皆様、同人「まろにゑ」の皆様に心からの感謝を申し上げます。皆様のお蔭でなんとか今日までやってこられました。

書肆侃侃房の田島安江様、大変お世話になりました。はじめて打ち合わせをしていただいた新宿のカフェで、私は緊張のあまり、薄紙につつまれたままの角砂糖を紅茶に入れ、ぐるぐると掻き回していました……。新鋭短歌シリーズの担当黒木留実様、心からのお礼を申し上げます。伊藤亜砂様にはドラマティックな装画を描いていただきました。校閲をしてくださった竹内亮様は、この新鋭短歌シリーズの先輩です。

たくさんの方のお力添えのお蔭でこの歌集をこの世界に出すことができました。

本当にありがとうございました。

開演を知らせるベルが聴こえてきそうな夜に

鈴木美紀子

■著者略歴

鈴木 美紀子（すずき・みきこ）

東京在住。2009年の春から新聞歌壇等へ投稿を始める。同年の秋、未来短歌会に入会。加藤治郎に師事。2010年より雑誌「ダ・ヴィンチ」の「短歌ください」に投稿を始める。2015年に同人誌「まろにゑ」に参加。

Twitter : @smiki19631

「新鋭短歌シリーズ」ホームページ　http://www.shintanka.com/shin-ei/

新鋭短歌シリーズ34

風のアンダースタディ

二〇一六年九月十七日　第一刷発行
二〇一八年七月　六日　第二刷発行

著　者　鈴木 美紀子
発行者　田島 安江
発行所　株式会社 書肆侃侃房（しょしかんかんぼう）
〒八一〇・〇〇四一
福岡市中央区大名二・八・十八・五〇一
TEL：〇九二・七三五・二八〇二
FAX：〇九二・七三五・二七九二
http://www.kankanbou.com　info@kankanbou.com

監　修　加藤 治郎
装　画　伊藤 亜砂
装丁・DTP　黒木 留実（書肆侃侃房）
印刷・製本　株式会社西日本新聞印刷

©Mikiko Suzuki 2017 Printed in Japan

ISBN978-4-86385-253-2　C0092

落丁・乱丁本は送料小社負担にてお取り替え致します。
本書の一部または全部の複写（コピー）・複製・転訳載および磁気などの記録媒体への入力などは、著作権法上での例外を除き、禁じます。

新鋭短歌シリーズ ［第4期全12冊］

今、若い歌人たちは、どこにいるのだろう。どんな歌が詠まれているのだろう。今、実に多くの若者が現代短歌に集まっている。同人誌、学生短歌、さらにはTwitterまで短歌の場は、爆発的に広がっている。文学フリマのブースには、若者が溢れている。それぱかりではない。伝統的な短歌結社も動き始めている。現代短歌は実におもしろい。表現の現在がここにある。「新鋭短歌シリーズ」は、今を詠う歌人のエッセンスを届ける。

37. 花は泡、そこにいたって会いたいよ

四六判／並製／144ページ　定価：本体1,700円＋税

初谷むい

あまりにも素晴らしくって、
生涯手元に置いておくと誓った　—— 下川リヲ（挫・人間）

いつかは忘れてしまうような一瞬一瞬を、
全部思い出してしまう。　—— 山田 航

38. 冒険者たち

ユキノ 進

四六判／並製／144ページ　定価：本体1,700円＋税

現実を切り開くための羅針盤

シビアな社会を生きぬく人々の奇妙な熱気が、
街に、海に、遠い闇に、浮遊する。

—— 東 直子

39. ちるとしふと

四六判／並製／144ページ　定価：本体1,700円＋税

千原こはぎ

それはやっぱりすきなのですか

〈チルトシフト〉が生み出すおもちゃめいた世界
そこにリアルな恋心が溢れている。

—— 加藤治郎

新鋭短歌シリーズ

新鋭短歌

好評既刊 ●定価：本体1700円＋税　四六判／並製（全冊共通）

好評既刊 ［第1期全12冊］

1. つむじ風、ここにあります
木下龍也

2. タンジブル
鯨井可菜子

3. 提案前夜
堀合昇平

4. 八月のフルート奏者
笹井宏之

5. NR
天道なお

6. クラウン伍長
斉藤真伸

7. 春戦争
陣崎草子

8. かたすみさがし
田中ましろ

9. 声、あるいは音のような
岸原さや

10. 緑の祠
五島　諭

11. あそこ
望月裕二郎

12. やさしいぴあの
嶋田さくらこ

好評既刊 ［第2期全12冊］

13. オーロラのお針子
藤本玲未

14. 硝子のボレット
田丸まひる

15. 同じ白さで雪は降りくる
中畑智江

16. サイレンと犀
岡野大嗣

17. いつも空をみて
浅羽佐和子

18. トントングラム
伊舎堂 仁

19. タルト・タタンと炭酸水
竹内 亮

20. イーハトーブの数式
大西久美子

21. それはとても速くて永い
法橋ひらく

22. Bootleg
土岐友浩

23. うずく、まる
中家菜津子

24. 惑亂
堀田季何

好評既刊 ［第3期全12冊］

25. 永遠でないほうの火
井上法子

26. 羽虫群
虫武一俊

27. 瀬戸際レモン
蒼井 杏

28. 夜にあやまってくれ
鈴木晴香

29. 水銀飛行
中山俊一

30. 青を泳ぐ。
杉谷麻衣

31. 黄色いボート
原田彩加

32. しんくわ
しんくわ

33. Midnight Sun
佐藤涼子

34. 風のアンダースタディ
鈴木美紀子

35. 新しい猫背の星
尼崎 武

36. いちまいの羊歯
國森晴野